3963 5130

D1364694

¿Tu mamá es una llama?

¿Tu mamá es

de DEBORAH GUARIN

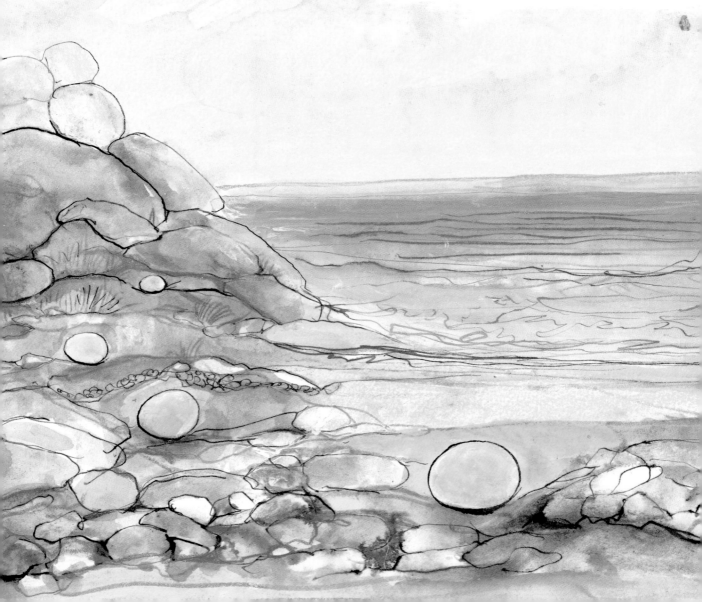

una llama?

ilustrado por STEVEN KELLOGG

Traducción de Aída E. Marcuse

SCHOLASTIC INC.

New York   Toronto   London   Auckland   Sydney

ISBN 0-590-46275-X
ISBN 0-590-29373-7 (meets NASTA specifications)

28 29 30   40   8 9/0

Printed in the U.S.A.

First Scholastic printing, January 1993

Original edition: September 1989

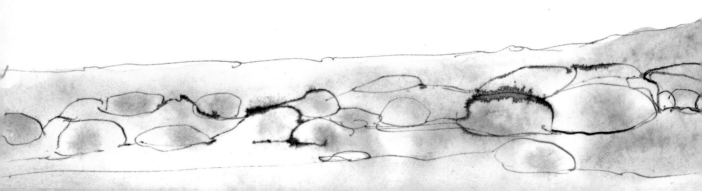

—¿Tu mamá es una llama? —le pregunté a David un día.

—No, no lo es, —contestó mi amigo con cortesía.

—Se cuelga cabeza abajo y vive en una cueva.
No creo que a las llamas les guste hacer tal prueba.

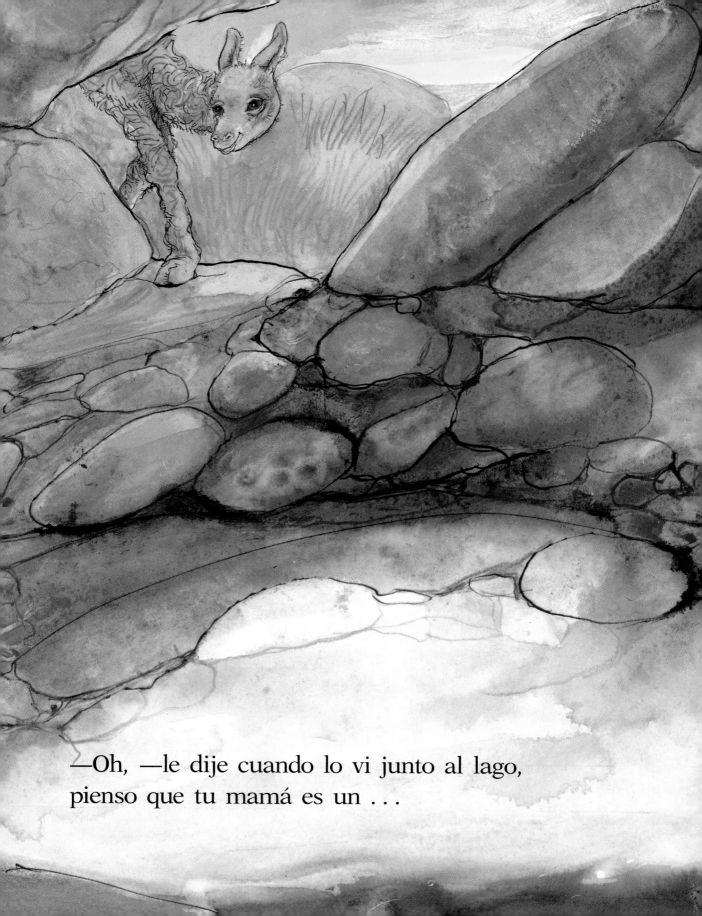

—Oh, —le dije cuando lo vi junto al lago,
pienso que tu mamá es un . . .

¡MURCIÉLAGO!

—¿Tu mamá es una llama? —le pregunté a mi amigo
Federico.

—No, no lo es, —negó Federico con el pico.

—Tiene cuello largo y blancas plumas y alas.
No creo que una llama se vista así, de gala.

—Oh, —le dije, si no tiene ni siquiera un tizne . . .
Creo que tu mamá es un . . .

¡CISNE!

—¿Tu mamá es una llama? —le pregunté a mi amiga Juana.

—No, no lo es, —me explicó Juana de buena gana.

—Pace en el pasto y le encanta decir ¡Muú!
Creo que una llama más bien diría ¡Tú!

—¡Oh! —le dije, ¡ya entiendo!—. Si eso es lo que la destaca,
tu mamá es una . . .

—¿Tu mamá es una llama? —le pregunté a mi amigo
Lucero.

—No, no lo es, —contestó Lucero muy ligero.

—Tiene aletas, bigotes y come pescado cada día.
No creo que a una llama eso le gustaría.

—Oh, —le dije, si como a ti le gusta tomar sol sobre una roca,
reo que tu mamá es una . . .

¡FOCA!

—¿Tu mamá es una llama? —le pregunté a mi amigo Arturo.

—No, no lo es, —dijo Arturo, te lo aseguro.

—Tiene grandes patas traseras y un bolsillo para mí.
No creo que las llamas sean así.

—Oh, —le dije, ahora sí, estoy seguro
que tu mamá es un . . .

¡CANGURO!

—¿Tu mamá es una llama? —le pregunté a mi amiga
Lina.

—Oh, Lalo, —sonrió Lina muy fina.

—Mi mamá tiene grandes orejas, largas pestañas y corto pelo . . .
¡y tú conoces mejor que nadie sus ojos de terciopelo!

—Nuestras mamás pertenecen al mismo rebaño
y *tú* sabes mucho de llamas, porque eres una,
pero de menor tamaño.

—¡Oh! —le dije a mi amiga, es cierto . . . soy una
llama

y mi mamá es una . . .

¡LLAMA!

Y éste es

el FIN.